Leur séparation

DU MÊME AUTEUR

Le Fil, Éditions de Fallois, 2015

Sophie Lemp

Leur séparation

ALLARY ÉDITIONS
RUE D'HAUTEVILLE, PARIS X^e

Mémoire
D'un autre temps
D'une autre vie
Tu me reviens
Dans l'eau du paysage
Se mirent vos visages

BARBARA

Dans un album sont réunies mes photos de classe. Sur celle de l'année 1987-1988, tous les élèves sont déguisés, c'est mardi gras. Je porte une robe jaune à volants et un jupon qui appartenaient à ma mère. Mon visage est plein, souriant, lumineux.

Ce samedi matin de janvier, ma mère m'attend à la sortie de l'école. Comme les autres jours, nous remontons la rue des Boulangers mais, au lieu de nous arrêter au carrefour, nous prenons à gauche dans la rue Monge. Je me retourne et aperçois un camion de déménagement garé en bas de notre immeuble. Ma mère serre ma main dans la sienne. Quand nous arrivons à la pizzeria dans laquelle nous déjeunons quelquefois, il est tôt, la salle est encore vide. Nous nous installons près de la porte, ma mère me demande comment s'est passée ma matinée, si j'ai récité ma poésie, si j'ai beaucoup de devoirs pour le lundi. Je n'ai pas envie de parler. Je regarde dehors. Je pense au camion, aux cartons, au salon qui demain sera à moitié vide. Je pense à mon père. Est-il déjà dans son nouvel appartement ou encore avec les déménageurs ? Le serveur pose devant moi une assiette de spaghettis carbonara. Quand il revient pour débarrasser, j'y ai à peine touché. En sortant du restaurant, nous prenons le métro. Ma mère s'est organisée pour que je passe l'après-midi et la nuit chez une amie, près de la République. Avant de partir, elle me dit *Profite bien de ta journée, amuse-toi, essaye de penser à autre chose*. Je hoche la tête mais je sais que jamais plus je ne penserai à autre chose. Ce que je redoutais le plus vient d'arriver. Mes parents se sont séparés. Demain, c'est mon père qui viendra me chercher. Désormais, j'irai chez lui tous les mercredis soir et un week-end sur deux.

Près de vingt-huit ans ont passé depuis ce samedi de janvier. Je me souviens de la silhouette de ma mère sur le trottoir, de son regard posé sur moi. Les sorties d'école étaient toujours très gaies, les enfants s'amusaient, les adultes bavardaient. Cette fois, il n'y a que ma mère et moi, je ne me souviens pas des autres.

Mon enfance m'apparaît comme scindée en deux. Pourtant, une séparation n'est pas une mort brutale. J'avais depuis longtemps conscience des difficultés que rencontraient mes parents et cela faisait quelques semaines qu'ils m'avaient fait part de leur décision. Je savais. Mais jusqu'à la dernière minute, j'avais espéré. J'étais leur *petite fille chérie*, leur *amour*, leur *bichette*. En sortant de l'école ce jour-là, j'ai compris que cela ne suffisait pas.

À la fin de *L'Argent de poche*, de François Truffaut, l'instituteur dit à ses élèves *Un adulte malheureux peut recommencer sa vie ailleurs, peut repartir à zéro. Un enfant malheureux ne peut pas avoir cette pensée. Il sent qu'il est malheureux mais il ne peut même pas mettre un nom sur son malheur.* Sur la photo de l'année 1988-1989, mes cheveux ont poussé, je suis très pâle, amaigrie, cernée. Je flotte dans un sweat-shirt et un jean trop grands. En regardant l'un après l'autre les clichés, on pourrait penser qu'il ne s'agit pas de la même petite fille.

En 2005 était sorti un nouvel album de Julien Clerc. Je l'avais acheté pour son titre, *Double enfance*. Je marchais dans Paris en poussant le landau de ma fille qui venait de naître et j'écoutais en boucle cette chanson dont j'aurais aimé être l'auteure.

Avant les autres j'aurais su
Que le seul sentiment qui dure
C'est le chagrin d'une rupture
Où je n'aurais jamais rompu

Ce n'est pas l'histoire de mes parents que je veux écrire mais la façon dont j'ai vécu leur séparation.

Noël approche. Quand j'étais petite, le mois de décembre était mon préféré. Un samedi, mon père allait choisir le sapin tandis que ma mère sortait les boîtes à chaussures contenant les décorations. Nous nous installions ensuite tous les trois dans le salon. Les petits animaux en bois côtoyaient les lutins en tissu, j'accrochais aux branches le plus de boules possible et, tout en haut, une étoile ou un oiseau à plumes. Les guirlandes brillaient, je raffolais de leur odeur, indéfinissable. Un peu plus tard, ma mère descendait chez le marchand de journaux acheter un rouleau de papier rocher pour la crèche. Sur la cheminée, elle me laissait disposer les santons. Je mettais toujours devant ceux que je préférais, la gitane en robe longue ou le berger et ses moutons. S'il faisait froid, j'aidais mon père à préparer des bûches, du papier et du petit bois pour allumer un feu. Sur la platine tournait un disque de Léo Ferré.

Tant que mes grands-parents paternels étaient encore vivants, ma mère confiait au téléphone – en anglais, pour que je ne comprenne pas – à mon grand-père ce qu'elle m'avait acheté. J'essayais de deviner, en vain. Les cadeaux étaient cachés tout en haut de la grande armoire. Chaque jour, j'ouvrais une fenêtre de mon calendrier de l'avent, religieux. Le temps passait si lentement. Mon parrain arrivait au début des vacances, on installait un lit rami dans la salle à manger. Avec ma mère, nous allions rue Mouffetard et au marché de la place Monge acheter viande, légumes et fromages. Le réveillon se passait chez nous, j'ouvrais mes cadeaux à l'aube le lendemain et suppliais mon père de bien vouloir me laisser les emporter chez mes grands-parents.

Puis nous partions à la montagne. Le matin, je prenais une leçon, pour passer mon flocon, ma première étoile. L'après-midi, je rejoignais mon père et mon parrain sur les pistes. Ma mère ne skiait pas, elle allait marcher et nous nous retrouvions le soir dans l'appartement. Le dernier jour, après être allés chercher ma médaille à l'école de ski, nous achetions un jambon entier, du reblochon, des petits sabots porte-clés. Nous rentrions à Paris, l'école reprenait, et les mercredis avec ma grand-mère qui me trouvait *de belles couleurs*.

Ces vacances étaient douces. Pourtant, il y avait souvent des accrocs, comme ce jour où je n'avais pas réussi à descendre à temps du téléski. J'avais eu très peur. Quand elle l'avait su, ma mère avait violemment accusé mon père de n'être pas assez attentif. Mais leurs disputes alors ne m'inquiétaient pas. Nous étions ensemble, c'était tout ce qui importait.

Un coup de fil à passer, un chèque à envoyer, une course à faire, une machine à lancer, je retarde chaque jour le moment de m'installer à mon bureau. Est-ce que l'on peut tout écrire ?

Le premier Noël qui suit la séparation, je viens d'avoir la grippe, j'ai encore maigri, je suis très affaiblie. Il est entendu que je passerai le 24 avec ma mère et le 25 avec mon père. Mon parrain, jeune marié, ne viendra pas cette année. Avec ma mère et ma grand-mère, nous sommes invitées par l'une des sœurs de mon père. Constater que ma mère est toujours proche de ma famille paternelle me rassure, je suis contente d'y aller, j'avais peur que nous restions seules toutes les trois. Mais la soirée manque d'entrain, la messe de minuit est interminable. Nous dînons après, il est tard, je tombe de sommeil. En terminant ma part de tarte à la noix de coco, je pense à la célébration à laquelle nous assistions les autres années, en fin d'après-midi. L'église Saint-Médard remplie d'enfants, les bougies et les chants. Dans le taxi qui nous ramène ce soir-là, mes yeux me brûlent.

Le lendemain, mon père a proposé à ma grand-mère, qu'il continue à voir régulièrement, de venir déjeuner avec nous. Je porte un cardigan à pressions en velours noir, une jupe assortie et un chemisier à rayures. J'adore cet ensemble, en l'enfilant j'ai l'impression de m'approcher de l'adolescence. Ma grand-mère ne l'aime pas, elle trouve que le noir n'est pas une couleur de petite fille et qu'il me donne mauvaise mine.

Dans un album en cuir brun, j'ai retrouvé une photo de ce 25 décembre 1989. Je suis assise sur l'accoudoir du canapé, mes cheveux sont ondulés par une permanente légère, mon sourire dévoile des dents qui se chevauchent, je n'ai pas encore d'appareil dentaire. Ma grand-mère est près de moi, elle porte un pull fuchsia et un foulard en soie, elle a approché sa tête de la mienne, nous regardons ensemble mon père derrière son objectif. Le canapé, écru, est celui qu'il avait acheté quelques mois avant de déménager, pour y dormir dans le salon. Mes parents m'en avaient parlé un soir pendant le dîner, ils ne se couchaient pas à la même heure, mon père réveillait ma mère quand il était de garde, ce serait plus pratique. Ils avaient donné l'ancien divan, qui n'était pas convertible, et mon père en avait commandé un nouveau.

Le salon de la rue Monge. Celui de ma petite enfance, avec de gros coussins orange, un tapis en laine et un fauteuil à carreaux noirs et blancs. À la mort de mes grands-parents, mon père avait hérité de plusieurs meubles ; bergères en velours et bibliothèques vitrées avaient alors transformé les lieux. Après la séparation, la pièce reste presque vide pendant quelques semaines. Puis ma mère rachète un canapé, une bibliothèque en verre et acier, et un fauteuil en cuir souple dans lequel j'aime me balancer. Tout a changé mais certains détails demeurent. Le téléviseur, presque rond, le même depuis ma naissance. Appuyer sur le bouton pour l'allumer et attendre une seconde avant de voir apparaître les premières images. La cheminée, le grand miroir doré. Le parquet qu'il faut cirer. La lampe bleue en céramique et son abat-jour tissé.

Le lendemain de ce samedi de janvier, mon père vient me chercher en fin de matinée. Il m'emmène déjeuner à l'Hippopotamus, place de la Bastille. Comme la veille, je n'ai pas envie de parler. Cette fois, c'est à ma mère que je pense, elle doit être en train de ranger l'appartement. À quoi ressemblera-t-il quand je rentrerai ? La serveuse apporte l'addition et me demande si je veux un ballon multicolore gonflé à l'hélium. Je refuse poliment, mon père se lève, il paie et nous sortons. Est venu le moment d'aller *chez lui*. Il loue un deux-pièces à quelques centaines de mètres de la rue Monge. Je pourrai bientôt m'y rendre seule, à pied. Ce jour-là, nous arrivons en voiture. L'immeuble est récent. Pour parvenir au parking, il faut emprunter un ascenseur sans descendre de son véhicule. Je n'ose pas dire à mon père que j'ai peur. Quand nous entrons dans l'appartement, cela sent la peinture. Les murs sont blancs, le sol recouvert d'une moquette moelleuse. Tout est neuf. Il n'y a qu'une chambre, mon père dormira dans la pièce principale. Dans le catalogue Ikea, j'ai choisi un lit en hauteur et un grand bureau en mélaminé noir. Mon père me demande si j'ai envie, la prochaine fois, d'apporter quelques affaires pour ma chambre. Je lui réponds que je ne sais pas. Quand il dit *ta chambre*, c'est à celle de la rue Monge que je pense.

C'est, avec le salon, la plus grande pièce de l'appartement. Aux murs, il y a un papier peint à fleurs des années 1960, bleu et blanc, au sol, de la moquette marine. Des étagères recouvrent le mur de gauche. Mes parents les ont posées avant ma naissance, quand cette pièce était leur chambre – elle est devenue la mienne quand nous avons troqué mon lit à barreaux contre un grand lit. J'y ai installé mes livres, les boîtes dans lesquelles sont rangés mes fèves et mes pin's, les bonbons en verre rapportés de Venise et ma collection d'échantillons de parfum. Le soir, ma mère ferme les volets à petites lamelles de bois, dans un claquement vif. Elle tire ensuite les doubles rideaux bleu nuit tandis que je me blottis sous la couette – une housse blanche sur laquelle sont dessinés des ballons de toutes les couleurs.

Chez mon père, malgré l'arbre généalogique mis soigneusement sous verre, malgré mes jeux de société préférés rangés dans le placard, malgré la peluche Marsupilami que je serre et mordille avant de dormir, je ne parviens pas à m'approprier l'espace. Le soir, j'ai froid. Un matin, je suis réveillée à l'aube par la sensation d'avoir le nez qui coule. J'allume la lumière, les draps sont maculés de sang. Je saigne du nez pour la première fois.

Les moments que je préfère sont ceux où mon père et moi nous installons devant le Macintosh qu'il a acheté il y a peu. Nous dessinons, créons des cartes de visite, un journal, des affichettes, puis nous les imprimons. J'en rapporte quelques exemplaires pour les montrer à ma mère. Chez elle, il n'y a ni ordinateur ni imprimante mais une vieille machine à écrire à ruban avec laquelle je m'amuse parfois.

Je vis rue Monge depuis ma naissance. Chaque jour, après avoir poussé la lourde porte de l'immeuble, je passe devant la loge des gardiens et monte nos deux étages. Tout de suite en entrant dans l'appartement, sur la gauche, se trouvent les toilettes. Sur une étagère sont posées des dizaines de bandes dessinées – *Astérix*, *Tintin* ou *Les Frustrés* – que je lis pendant des heures. Un grand couloir dessert toutes les pièces. Côté cour, il y a la salle de bains, avec baignoire, bidet, lavabo, et au plafond un sèche-linge que l'on descend à l'aide d'un crochet, puis la cuisine, carrelée, très étroite. Côté rue, ce sont le salon, la salle à manger, la chambre de ma mère puis la mienne. Les beaux livres sont exposés dans le séjour, près des albums photo et des 33 tours, tandis que les éditions de poche sont alignées dans le couloir, à côté du téléphone. Dans la salle à manger est rangée la vaisselle, le service bleu et le corail, avec les cendriers que collectionne ma mère. Dans le grand placard du fond – celui où j'aime me cacher – sont empilées des boîtes de chaussures et suspendus les jupes et manteaux, tandis que dans celui qui jouxte la salle à manger sont remisés la robe de mariée de ma mère, celle qu'elle portait quand elle m'attendait, les perruques frisées qu'elle avait achetées avant de faire sa première permanente ainsi qu'un carton contenant ma layette. De temps en temps, nous l'ouvrons, faisant l'inventaire des minuscules pyjamas, robes bain de soleil et salopettes OshKosh. Je fais promettre à ma mère de les garder pour mes enfants.

Je connais la plupart de nos voisins. Celle qui habite sur le même palier vit seule, elle est plus âgée que ma mère, porte ses longs cheveux blond cendré remontés en chignon. Son appartement est rempli de livres et de plantes vertes, notre chat aime s'y glisser en passant par le balcon. Aux autres étages, il y a une professeur de gymnastique un peu fantasque, un trentenaire taciturne et un musicien qui, dans sa chambre de bonne, dort sous son piano à queue. Juste au-dessus de chez nous vit, avec son frère et ses parents, une petite fille. Elle a deux ans de moins que moi et dans la cour de récréation nous racontons aux autres que nous sommes sœurs. Elle vient souvent jouer après l'école, nous improvisons une marelle imaginaire dans le couloir, habillons et déshabillons mes poupées ou sautons à l'élastique, tendu entre le pied de mon lit et celui de mon bureau.

Quand il m'arrive aujourd'hui de passer devant l'immeuble, mon regard se dirige instantanément vers le deuxième étage. D'autres vivent derrière ces fenêtres, pourtant, près de vingt ans après l'avoir quitté, il me semble que cet appartement est toujours le mien. Je me souviens du code d'entrée, des dessins sur le tapis recouvrant les marches de l'escalier, de la gardienne montant chaque matin notre courrier. J'entends la porte claquer, la chaudière se mettre en route, le soufflet raviver le feu dans la cheminée. J'ai encore la sensation de ma main posée sur le bouton de la porte des toilettes, celle de mes pieds nus sur le carrelage de la cuisine ou celle de mon oreille collée contre l'écouteur du téléphone quand ma mère m'autorisait à suivre sa conversation. Lorsque nous avions déménagé, neuf ans après la séparation, j'étais venue seule une dernière fois, avant de rendre les clés. J'avais arpenté les pièces vides et m'étais allongée sur la moquette de ma chambre.

Mon père fait tout pour que *chez lui* devienne *chez moi*. Dans la salle de bains, ma brosse à dents est posée sur l'étagère en verre, à côté de la sienne. Dans la penderie, il a rangé un pyjama et des sous-vêtements. Près de mon lit, il y a les chaussons que j'enfile tous les mercredis soir et un samedi sur deux. Mais alors que rue Monge, je connais l'histoire de chaque objet, ici aucun ne me paraît en avoir une. Rue

Monge, tout est vivant, patiné, habité, tandis qu'ici tout est neuf, vierge, dépouillé. Quand je regarde les fauteuils en velours, le secrétaire de mon grand-père, sa bibliothèque, je ne les reconnais pas. Je m'en veux de ne pas réussir à m'habituer, à me fondre dans le décor, à me couper en deux.

Un dimanche soir, je demande à ma mère de venir me chercher. J'ai envie qu'elle puisse imaginer où se déroule ma vie quand nous ne sommes pas ensemble. Je me dis qu'après, cela ira sans doute mieux. Quand elle sonne, vers dix-neuf heures, je vais lui ouvrir. Mon père reste en retrait, ma mère sur le palier. Ils ne se disent pas un mot. Elle n'entre pas, me demande simplement d'aller chercher mes affaires. Sur le chemin du retour, il me semble que ma gorge va exploser tant elle se serre. Je marche devant. À peine franchie la porte de l'immeuble, j'explose en sanglots. Ma mère tente de m'apaiser mais je ne l'écoute pas. Je la déteste. Je les déteste tous les deux de n'être pas capables, pour moi, de se parler.

Il y a quelques années, le jour de son anniversaire, ma mère m'a lancé *Tu ne devineras jamais qui m'a envoyé un texto.* Apprendre que mon père avait pensé à elle – et le lui avait fait savoir – me bouleversait.

Avant la séparation, nous restions rarement à Paris le week-end. Nous allions voir mes grands-parents paternels dans leur maison de l'Orne ou des amis installés dans l'Essonne. Je m'amusais avec les autres enfants, nous jouions à chat ou à l'épervier. S'il y avait un portique, je pouvais passer la journée à me balancer. À l'heure du goûter, fourbue, je rentrais me mettre au chaud, ça sentait le feu de bois et le chocolat. En mangeant mes tartines, j'écoutais d'une oreille les adultes discuter médecine ou politique.

Un samedi, nous étions partis sur la côte normande car mes parents avaient décidé d'y acheter un appartement. Après quelques visites, ils avaient opté pour un studio cabine, dans une résidence neuve de Villers-sur-mer, à deux pas de la plage et du centre-ville. L'appartement, en rez-de-chaussée, avait un petit jardin, séparé des autres par une haie naissante de thuyas. Dès que nous avions eu les clés, nous y étions partis presque chaque samedi, après la classe. Nous avions acheté une table de jardin, des bulbes de tulipes, des plants de fraisiers. La cabine était devenue ma chambre, simplement meublée de lits superposés. Souvent, nous emmenions une amie d'école. Avant de nous coucher, nous avions le droit de regarder Disney Chanel sur le vieux téléviseur noir et blanc. Nous nous endormions emportées par les aventures de Zorro et du sergent Garcia, saoulées par le sel et le vent.

En 1989, mes parents décident de garder l'appartement en commun. Ainsi, ils pourront chacun y passer du temps avec moi. Au début, cela se passe ainsi, j'y pars tantôt avec ma mère, tantôt avec mon père. C'est là qu'avec lui je fête mes dix ans, au mois de mai. Il m'offre un ensemble en madras, petit haut et jupe à volants. Sur les photos prises ce jour-là, je suis souriante, le temps semble chaud, mes bras sont nus. L'ensemble choisi par mon père est un peu grand, il ne tombe pas très bien. Quand, en rentrant, je l'enfile pour le montrer à ma mère, elle remarque immédiatement l'encolure qui bâille, la jupe trop longue. J'ai beau savoir qu'elle a raison, je la contredis violemment. En critiquant mes nouveaux vêtements, c'est à mon père qu'elle s'en prend.

Il vient de moins en moins souvent à Villers. Je sens que cela lui est difficile. Alors que ma mère, comme avant, déplie chaque soir le canapé, il préfère dormir avec moi dans la cabine, sur le lit du haut. Qu'ils gardent ensemble cet appartement est à mes yeux leur dernier lien. Le jour où ma mère m'apprend que mon père ne souhaite plus y aller et qu'elle va racheter sa part, c'est comme si elle m'annonçait leur séparation pour la seconde fois.

Aujourd'hui, le studio a été refait mais la plupart du mobilier est encore celui choisi par mes parents. Aux murs, il y a toujours les dessins accrochés, dans les placards toujours la même vaisselle. Des plates-bandes creusées par mon père surgissent au printemps des jonquilles. Le soir, je lis à mes filles les histoires que j'aimais écouter petite, *Rendez-moi mes poux* ou *Le Monstre poilu*. Dans leur bain, elles jouent avec mes figurines Fisher Price. Sur la plage, je leur montre les coquillages que je ramassais par dizaines et nous cherchons des galets plats pour y dessiner la mer. Je regarde autour de moi. La falaise est érodée mais le paysage est immuable. Alors que la rue Monge n'est plus, Villers est devenu la trace de mon enfance à trois.

Il existe peu de photos où nous sommes ensemble, mon père, ma mère et moi. Sur celle que je préfère, nous sommes assis dans l'herbe, c'est l'été. J'ai trois ans, je porte un tee-shirt clair et un chapeau en toile, je souris. Ma mère, vêtue d'un débardeur à fines bretelles, a mis ses lunettes dans ses cheveux. Son regard de myope lui donne un air mélancolique. Mon père, en bras de chemise, est penché vers moi et, de la main, me désigne l'objectif. La photo a sans doute été prise avec le retardateur. Je l'ai souvent regardée. Adolescente, je l'avais soigneusement décollée de l'album *Été 1982* pour la glisser dans mon portefeuille.

En juin 1989, je fais ma première communion. À la sortie de l'église, mon parrain nous photographie tous les trois. Mon père semble avoir été retenu contre son gré. Un peu à l'écart, ma mère sourit mais elle paraît crispée. Je me souviens de la gêne ressentie d'être entre eux deux.

Pour ses onze ans, ma fille a voulu réunir ses grands-parents. Ils ont accepté et nous avons dîné tous ensemble. À la fin de la soirée, elle est allée chercher mon Polaroid et nous a demandé de nous installer sur le canapé. Mon père s'est retrouvé près de ma mère. Quand il l'a remarqué, il a changé de place. Il n'a rien dit, mais j'ai compris qu'il ne voulait pas être à côté d'elle. Plus tard, seule dans la cuisine, j'ai pleuré. Je n'avais plus trente-sept ans, je n'étais plus une jeune femme, je n'étais plus la mère de mes enfants. J'étais seulement la fille de mes parents et ils avaient divorcé.

Lorsqu'ils m'avaient annoncé que mon père allait déménager, mes parents avaient employé le mot *séparation*. Ils resteraient donc mariés. Cela m'avait rassurée. Mais en mars 1989, ils passent devant un juge pour la conciliation. Quelques mois plus tard, leur divorce à l'amiable est prononcé. Ils sont d'accord sur tout, les modalités de garde, le montant de la pension alimentaire, le partage des biens. Ma mère s'en félicite – *Tant de couples se déchirent pour savoir qui garde la télé.* Mon père, s'il a accepté que ma mère conserve son patronyme, y accole systématiquement son nom de jeune fille quand il lui fait un chèque.

Avant leur séparation, mes parents étaient simplement *mes parents*. Ma mère, médecin du travail, venait deux fois par semaine me chercher à l'école. Le vendredi, elle m'emmenait à la danse, avec des camarades. Pour le goûter, elle tartinait des crêpes de Nutella – j'aimais les presser de haut en bas pour faire sortir le chocolat – ou nous préparait des cornets de glace – mangue-papaye était mon parfum préféré. Nombre de parents de l'école étaient devenus ses amis. Le soir, elle vérifiait mes devoirs et me demandait si j'avais de nouvelles notes. Elle me félicitait quand j'avais réussi un contrôle mais pouvait être cassante si je m'étais trompée. Elle me racontait les histoires de son enfance, *Fifi Brindacier* ou *Tistou les pouces verts*. Elle m'avait acheté tous les *Petit Nicolas* et nous riions en les lisant ensemble sous la couette. Elle portait des jupes au genou et des chemisiers, des chaussures à petit talon ou des ballerines, elle avait un sac seau blanc que j'adorais. Un jour où elle était venue me chercher à quatre heures et demie, j'avais tout de suite remarqué qu'elle s'était fait percer les oreilles. Je lui avais dit qu'elle était belle. Quand je dormais chez ma grand-mère, elle vaporisait sur un mouchoir en tissu quelques gouttes de son eau de toilette, Givenchy III. Je me sentais aussi proche d'elle que de mon père, même si, au quotidien, lui était moins présent. Le soir, il rentrait plus tard, je dînais seule sans l'attendre. Le dimanche matin, il m'emmenait souvent au jardin du Luxembourg et prenait parfois quelques jours à Pâques pour que nous partions tous les deux à Villers. Sur la plage, nous construisions des châteaux, des barrages, nous creusions de grands trous dans lesquels, avec du sable, je préparais des boules de glace à la vanille ou au chocolat. Une année, nous avions passé ensemble une journée au Mont-Saint-Michel et goûté à une *omelette de la Mère Poulard*. Son travail – médecin lui aussi, mais à l'hôpital – comptait beaucoup. Il parlait souvent de ses patients, et ses collègues étaient des amis pour la plupart. Il aimait raconter des blagues, je le trouvais très drôle. Nous faisions de longues parties de jeu de sept familles et il me faisait écouter *Les Lettres de mon moulin*, l'un de ses livres favoris, lues par un comédien.

J'avais avec l'un et l'autre un lien profond mais comment appréhendais-je l'altération de celui qui existait entre eux ? Un dimanche où nous allions déjeuner chez ma grand-mère, ils s'étaient disputés dans la voiture. En montant l'escalier, j'avais supplié mon père d'embrasser ma mère, il avait refusé. Un après-midi, j'étais allée avec lui choisir des boucles d'oreilles pour ma mère. Quand il les lui avait offertes le lendemain, j'avais guetté ses réactions, scruté son visage, tentant de percevoir si elles lui plaisaient vraiment. Elle nous avait remerciés et avait remis les boucles dans leur écrin sans même les essayer.

Je ne me souviens pas de baisers, de mains serrées ni d'épaules enlacées. Mais tous deux me racontaient la même histoire : leur souffrance, pendant neuf ans, de ne pas réussir à avoir d'enfant. Puis ma naissance, enfin. Cela me contentait. Leur couple existait puisqu'il m'avait donné vie.

En 1989, mes parents deviennent un homme et une femme. Ils changent. Ma mère, surtout. Elle va voir Johnny Hallyday à Bercy, elle qui avec mon père allait applaudir Ferré et Reggiani. Dans une boutique qui sent le thé et l'encens, elle achète des boucles d'oreilles ethniques alors qu'elle n'en porte d'ordinaire que de très discrètes. Elle ne fait plus de cuisine, préférant les plats surgelés qu'elle réchauffe dans notre four à micro-ondes tout neuf. Le week-end, nous voyons moins souvent ma grand-mère. Le soir, elle regarde une cassette vidéo et m'autorise parfois à m'installer près d'elle. L'un de ses films préférés s'intitule

Femmes de personne. À la fin, Marthe Keller danse en pleurant avec son fils, qu'elle élève seule. Je trouve qu'elle ressemble à ma mère.

Mon père apprend à vivre en solitaire, à s'organiser, à faire les courses, le dîner. Lui aussi cuisine peu, mais le dimanche il nous prépare de vraies frites, à la friteuse. Elles sont délicieuses. Chez le fromager, il achète les petits chèvres dont je raffole, des cabécous bien crémeux. À la télévision, il aime le journal, les émissions de grands reportages et la série *Navarro*. Le 25 décembre 1989, nous apprenons ensemble l'exécution de Nicolae Ceausescu et de sa femme. Il m'explique longuement la Roumanie, le communisme, les dictatures. En vivant avec l'un puis avec l'autre, j'entrevois ce qui a pu, dans leurs caractères et leur façon d'appréhender le quotidien, éloigner mes parents. Mais c'est ce qui les rapproche qui m'importe. J'aime qu'ils aient lu le même livre, qu'ils envisagent de faire le même voyage, qu'ils aient la même réaction face à un événement, qu'ils utilisent la même expression. Des années après, quand ils m'envoient pour mon anniversaire deux messages presque identiques ou quand, une veille de départ en vacances, ils me glissent l'un et l'autre *Je t'ai fait un petit virement*, je ressens une joie profonde.

Dans ma mémoire, la séparation est ma première douleur, comme si tout ce qui s'était passé avant avait été joyeux. Pourtant, il y avait eu des maladies et des morts, comme celles de mes grands-parents paternels. Les dimanches passés dans leur maison normande à ramasser des framboises et à rire avec mon grand-père s'étaient mués en longs après-midi silencieux dans leur appartement du seizième arrondissement. Mon grand-père, dans son bureau, fumait des gitanes maïs pendant que mes parents s'occupaient de ma grand-mère, hémiplégique. Je m'ennuyais. Nous dînions tôt puis je rentrais avec ma mère en métro tandis que mon père restait encore un peu près d'eux. Ma grand-mère était morte la première, mon grand-père l'avait suivie de près, emporté par un cancer du poumon. Je n'étais pas allée à leurs enterrements. En quelques mois, ma mère avait aussi perdu son oncle, sa tante et sa grand-mère. Quand le matin, entrant dans ma chambre pour me réveiller, elle s'agenouillait près de mon lit et murmurait *Il faut que je te dise quelque chose*, je savais qu'elle allait m'apprendre une disparition. J'avais du chagrin, je devinais celui de mes parents, mais nous étions tous les trois.

Ma mère m'a dit un jour qu'elle ne savait pas si la séparation aurait eu lieu sans la mort de mes grands-parents. J'ai pensé à ma grand-mère maternelle. Elle était encore jeune – elle avait une soixantaine d'années – et continuait à exercer son métier d'institutrice. Veuve à vingt-cinq ans, elle avait élevé ma mère seule et la famille que nous formions était aussi la sienne. Le mercredi, après m'avoir gardée, elle restait parfois dîner et le dimanche, nous allions souvent chez elle, à Vincennes. Nous passions ensemble des week-ends, des vacances. Elle nous rejoignait même si nous étions avec des amis. Elle aimait beaucoup mon père, le tutoyait, alors qu'elle avait du mal à le faire avec la plupart de ceux qui l'entouraient. Quand mes parents s'étaient mariés, elle s'était réjouie que ma mère trouve sa place dans une belle-famille si chaleureuse. Catholique pratiquante, le divorce était pour elle inconcevable.

À sa mort, elle m'a laissé trois carnets, journal du temps que nous avons passé ensemble. Au printemps 1989, dans celui à la couverture fuchsia, elle écrit *Je regrette tellement nos dimanches tous ensemble à Villers. Et même quand je n'étais pas avec vous, je vous savais ensemble et j'étais rassurée. J'aurais voulu que tu ne connaisses pas ce drame de tant d'enfants, j'aurais voulu pour toi une enfance vraiment heureuse. Tu ne livres pas tes pensées, j'espère que tu ne te durciras pas. J'ai tant de peine à vivre cette période.* Je perçois sa tristesse et n'ai pas envie d'y ajouter la mienne. Je veux au contraire qu'avec elle tout continue comme avant, les mercredis, le foie de veau cuit à point, le sifflement de la cocotte-minute, les histoires, les jeux, nos rires, être encore une enfant. Son lien avec mon père est préservé, elle lui téléphone souvent et vient parfois déjeuner quand je vais chez lui pour le week-end. Elle est mon point d'ancrage, celle qui me rassemble.

Un peu avant mes trente ans, ma mère m'avait demandé ce qui me ferait plaisir. Je lui avais parlé d'une bague hors de prix, évoquant la possibilité d'un cadeau commun, mes parents et ma grand-mère. Elle m'avait assuré que mon père refuserait et j'avais cessé de penser à la bague. Le jour de mon anniversaire, sans me prévenir, ils étaient passés chez moi tous les trois. Ils m'avaient tendu un coffret en cuir rouge sombre. Trois anneaux mêlés. *Papa* était gravé sur celui en or jaune, *Maman* sur celui en or rose et *Mamie* sur celui en or blanc, serti de petits diamants. Je les avais embrassés, remerciés, mais ils étaient vite repartis, embarrassés sans doute d'être ainsi, ensemble, chez moi.

Dans les carnets, l'année 1989 tient en une vingtaine de pages, noircies d'une écriture serrée. Cela fait plusieurs fois que je les relis, comme si elles pouvaient m'apporter un éclairage nouveau. Ma grand-mère s'inquiète de mes silences, mais aussi de l'agressivité que je manifeste envers ma mère. Me revient ce jour où j'avais senti pour la première fois que la séparation pouvait réellement avoir lieu. Je m'étais mise à pleurer, puis la colère avait succédé aux larmes et j'avais lancé *Si vous vous quittez, je serai odieuse*. Pensais-je que cela pourrait infléchir le cours des choses ? Lorsque ma mère et moi nous retrouvons toutes les deux, je mets mes menaces à exécution et chaque jour naissent de nouvelles tensions. Un morceau de piano que je rechigne à travailler, une réponse qu'elle tarde à me donner, un vêtement qu'elle refuse de m'acheter, je crie, claque les portes. Je ne pense pas à elle, je ne pense qu'à moi, mon chagrin me donne tous les droits. Je ne réagis pas de la même façon avec mon père, peut-être parce que je sens sa solitude le soir quand il me téléphone ou que je le sais heureux quand arrive le mercredi. Si avec lui quelque chose me contrarie, je me contente d'être un peu distante, répondant laconiquement à ses questions. Ma mère me dit *Ton père a de la chance.* Mais je sais qu'il troquerait volontiers le silence contre des portes qui claquent s'il pouvait me voir plus souvent.

Il y a toujours une part de moi près de celui avec lequel je ne suis pas. Que fait mon père le soir quand il rentre de l'hôpital ? Que fait ma mère le week-end quand je ne suis pas là ? J'ai tout le temps peur pour eux, comme si le fait qu'ils soient séparés les rendait vulnérables. Quand ma mère monte pour la première fois dans un avion de tourisme ou quand mon père part quelques jours à Jérusalem, je pense que je pourrais ne plus les revoir.

À cette peur qu'il leur arrive quelque chose s'ajoute celle de les blesser. Dans les notes que j'ai prises avant de commencer ce texte, revient plusieurs fois le mot *culpabilité*. Dès les premières semaines, c'est envers mon père que je la ressens. Au début, je lui parle souvent de ma mère, de ce que nous avons fait ensemble. Mais devant son visage douloureux et fermé, j'apprends à me taire. Quand, le week-end, il m'offre une bricole, j'invente une bonne raison pour ne pas la laisser chez lui – *Cela complétera ma collection* ou encore *Je l'apporterai demain à l'école*. Lui dire simplement *J'ai envie de l'emporter rue Monge* est impossible, cela lui ferait de la peine. Ma mère et la rue Monge sont devenues ses rivales, je ne me pose pas la question de la légitimité de cette rivalité. C'est lui qui a déménagé et il voit bien que malgré ses efforts son appartement n'est pas le mien. Il est plus souvent seul que ma mère. Il souffre.

Je ne supporte pas de vivre avec l'un ce que je ne connais pas avec l'autre. Si je découvre avec mon père un nouvel endroit, je veux y retourner avec ma mère. Un dimanche, elle accepte de m'emmener, en RER, au Parc Astérix, où je suis allée avec mon père peu de temps avant. Mais nous partons plus tard que prévu car elle s'est réveillée avec une migraine tenace et, après quelques attractions, nous nous retrouvons à l'infirmerie, une guêpe m'ayant piquée dans le cou. La journée est ratée. Je comprends qu'il faut que je cesse de vouloir reproduire ce qui m'arrive ailleurs ; l'existence que je mène avec ma mère ne ressemble pas à celle que je mène avec mon père, et aucune des deux ne se rapproche de celle que nous menions tous les trois. Mais sur ce que je comprends prime ce que je ressens : quand je suis bien avec l'un, j'ai l'impression de trahir l'autre.

En octobre 1989, ma grand-mère écrit *Samedi dernier nous avons fêté en famille les 85 ans de ma tante. Tu es venue avec ton papa et le hasard a voulu que ta maman et moi arrivions en même temps. Tu m'as appelée et puis tu ne savais plus si tu devais aller près de ta maman ou rester auprès de ton papa. Cela m'a fait mal de te sentir ainsi tiraillée.*

À l'adolescence, ce tiraillement s'était un temps fait plus discret. Avoir quinze ans me donnait le droit d'être plus frontale. Si je n'avais pas envie de dormir chez mon père en semaine, je lui demandais de me raccompagner en voiture après le dîner. Il s'était remarié, avait un autre enfant, il n'était plus seul, je culpabilisais moins. Il ne comprenait pas mes choix – quitter un lycée pour un autre, moins prestigieux –, mes désirs – faire du théâtre –, tandis que ma mère était toujours de mon côté. Ces désaccords m'arrangeaient car ils rendaient plus supportable le déséquilibre que je ressentais depuis leur séparation. Et quand, à l'âge de vingt et un ans, j'avais envisagé de prendre mon indépendance, mon père avait proposé de m'aider à acheter un studio. Quelques mois plus tard, il m'avait accompagnée chez le notaire, radieux. Ma mère et lui étaient enfin à égalité. Cela m'avait soulagée moi aussi. Mais quand j'étais devenue mère, une autre rivalité s'était installée.

Si l'aînée s'exclamait *C'était super avec Mamie!* ou si la cadette faisait un portrait élogieux du compagnon de ma mère – qu'elle appelle Papi, mon père préférant Grand-Père –, je retrouvais immédiatement le visage fermé et douloureux de mon enfance. Avec cette rivalité a ressurgi ma culpabilité. Encore aujourd'hui, avoir l'impression de devoir choisir et plus encore celle de choisir ma mère, m'est insupportable.

Mes parents avaient de nombreux amis, des vieux copains connus dans l'enfance ou sur les bancs de la fac, d'autres rencontrés plus récemment, en salle de garde ou à la sortie de l'école. Ils dînaient ensemble, couraient au Luxembourg le samedi matin, partageaient une location pour les vacances.

Quand advient la séparation, certains cessent peu à peu de voir l'un ou l'autre. J'apprends au détour d'une conversation que ma mère n'a pas été invitée à un anniversaire ou je remarque que mon père ne m'emmène plus le dimanche dans l'Essonne. Il en est de rares qui se font un point d'honneur à inviter l'un dès qu'ils ont reçu une visite de l'autre. Pendant les vacances de Pâques, je passe une semaine avec mon père chez les D. qui viennent d'acheter près de Nîmes un mas perdu dans la garrigue. Au mois d'août, c'est avec ma mère que je m'y rends. Il est donc possible de ne pas choisir, de les aimer tous les deux.

Pendant que j'écrivais sur ma grand-mère, j'avais éprouvé le besoin de lire d'autres récits – un livre d'Annie Ernaux, un autre de Geneviève Brisac – sur le deuil et la fin de vie. Hier, j'ai emprunté à la bibliothèque *Que nos vies aient l'air d'un film parfait*, de Carole Fives. *T'as huit ans et bientôt tu vas entendre la nouvelle qui va te coincer les mots dans la gorge pour longtemps. (…) Tu ne sais plus exactement si c'est « divorcer » ou « séparer », tu retiens juste l'idée principale, qui est que pour toi, le monde s'écroule.* Ainsi, d'autres ont vécu cela. Le monde qui s'écroule.

À l'école, il y avait peu d'enfants dont les parents étaient séparés. Je me souviens d'un garçon, gentil mais turbulent et brusque. Quand il lui arrivait d'oublier un devoir ou un cahier chez son père, l'instituteur le réprimandait sans prêter attention à son regard triste. Ma mère, qui accompagnait souvent les sorties scolaires, avait un jour fait devant moi le lien entre son agitation et sa situation d'enfant du divorce. Il n'était pas comme les autres. Notre classe abritait pourtant bien d'autres différences. Certains d'entre nous habitaient dans de grands appartements haussmanniens, d'autres dans des loges de gardien. Nous avions des mères traductrice, caissière ou médecin, des pères boulanger, inspecteur des impôts ou journaliste. Certains étaient enfants uniques tandis que d'autres avaient trois ou quatre frères et sœurs. Nos familles étaient françaises, espagnoles, grecques ou algériennes. Nos quotidiens ne se ressemblaient pas mais la plupart avaient en commun l'essentiel : nos parents, ensemble. Le lendemain du jour où les miens m'avaient appris qu'ils se séparaient, je m'étais enfermée dans les toilettes avec une amie et lui avais confié la nouvelle, lui faisant promettre de ne rien dire à personne. Elle n'avait pas gardé le secret longtemps et je m'étais sentie à la fois blessée et importante. Désormais, moi non plus, je n'étais pas comme les autres.

Depuis que j'ai commencé ce livre, tout devient matière à écrire. Mon père m'a raconté il y a quelques jours qu'il avait dîné avec un vieil ami que ma mère et lui ne voyaient plus depuis longtemps. Si son prénom m'est familier, je ne me souviens pas de son visage, simplement d'anecdotes que mes parents m'avaient rapportées, leurs soirées interminables, leurs rires. Quand j'ai parlé de ce dîner à ma mère, elle s'est remémoré le pare-feu que mon père et lui étaient allés acheter un samedi tandis qu'elle m'attendait – elle était obligée de rester allongée. Mes parents sont aujourd'hui si loin l'un de l'autre qu'il me semble parfois qu'ils n'ont jamais vécu ensemble. Mais le plaisir avec lequel tous deux ont évoqué cet ami, leurs souvenirs communs, attestent du contraire. L'écrire, comme écrire sur le temps vécu à trois, me permet de m'en assurer. Cela a été.

J'aimais quand nous voyagions tous les trois en voiture. Le dimanche soir, nous rentrions de Villers à la nuit tombée, après avoir dîné tôt dans une crêperie. Ma mère s'installait avec moi à l'arrière, je m'allongeais et posais ma tête sur ses genoux. Dans l'autoradio, nous glissions une cassette de Renaud, son concert à Bobino ou son dernier album, *Mistral gagnant*. Je connaissais toutes les chansons par cœur. Le sens de certaines m'échappait alors j'interrogeais mes parents. Mon père me racontait le braquage ayant inspiré *Les Charognards* et ma mère tentait de m'expliquer l'overdose de *P'tite conne*. J'avais six ans et je m'endormais sur la banquette de l'Alfa Roméo, les chansons de Renaud étaient tristes mais je les trouvais belles, le monde était vaste et il s'offrait à moi.

Est-ce moi qui idéalise ce temps à trois, ce temps d'*avant* ou était-il, réellement, sans nuages ? Ma grand-mère avait commencé à m'écrire en avril 1984. Le 20 janvier 1985, elle mentionnait pour la première fois son inquiétude – *je me fais du souci pour tes parents*, sans plus de détails. En décembre, elle avait écrit *Hier, tu m'as demandé « Est-ce que tu aimais ton mari ? » et tu as ajouté « Moi, je ne me marierai jamais. » Je voudrais tant que tu ne souffres pas ma toute petite et que cela s'arrange entre ton papa et ta maman.* J'ai oublié. Je ne me souviens pas de mes doutes, seulement de la confiance absolue que j'avais en eux et en la vie. Rien ne pouvait nous arriver. L'été précédent, alors que nous étions au restaurant avec mon oncle, ma tante et mon parrain à Avignon, ma mère avait tardé à revenir des toilettes. Mon père, soucieux, était allé la chercher. Quand il avait réapparu, j'avais saisi qu'il se passait quelque chose. Il m'avait simplement expliqué qu'ils devaient se rendre à l'hôpital, que mon parrain s'occuperait de moi, que je ne devais pas m'inquiéter. Quand avais-je compris ce que raconterait ma grand-mère le 8 septembre ? *Nous avons eu un chagrin, au mois d'août, ta maman commençait à attendre un bébé et malheureusement cela n'a pu tenir, l'hôpital à Avignon, puis à Paris, et l'espoir a pris fin. Cela a été dur pour tes parents, pour toi aussi ma toute petite, tu aimes tant les bébés et pour moi également, avoir un autre petit-enfant m'aurait réjoui le cœur. Enfin, peut-être que l'on peut encore espérer.* J'espérais encore, moi aussi. Bientôt, j'aurais un petit frère ou une petite sœur, bientôt, ma mère attendrait de nouveau un enfant. Mais cela ne s'était pas passé ainsi et, après la séparation, elle m'avait dit *La première fois, en 1981, j'étais vraiment dévastée, j'étais si heureuse d'être enceinte, vous auriez eu deux ans d'écart. Mais là, c'était différent. Entre ton père et moi, cela n'allait plus déjà.*

Cela n'allait plus déjà. Il y avait donc des nuages. Pourtant, seul le soleil m'importait. *28 avril 1985. Mon trésor, tu es à Villers et je pense que vous n'allez pas tarder à prendre la route pour le retour. Hier, c'est toi qui as appelé pour nous dire que vous étiez bien arrivés. Je t'ai demandé des nouvelles de vos plantations de Pâques. Tu riais et tu m'as dit « Il y a des fleurs partout, c'est mieux qu'au Parc floral ! ». En fait, il n'y a encore pratiquement rien, je crois qu'il fait trop froid. Tes radis ont poussé en hauteur mais pas en épaisseur, cela ne t'empêchait pas d'être gaie, je t'entendais rire avec ton papa.*

Un soir, nous étions à table, mes parents ne se parlaient pas. J'avais mal au ventre et refusais de manger. Cela agaçait ma mère, elle m'avait préparé du riz avec du fromage fondu – *Tu adores ça normalement.* Sans un mot, mon père avait terminé son assiette et il était allé lire le journal dans le salon. Ma mère avait insisté, *Mange au moins quelques bouchées.* Je m'étais mise à pleurer, elle s'était énervée de plus belle et j'étais allée me coucher l'estomac vide. Pendant la nuit, j'avais vomi plusieurs fois. Ma mère en avait conclu que j'avais attrapé un virus et je n'étais pas allée à l'école le lendemain. Plus tard, chaque fois qu'elle me servirait une assiette de riz au fromage, je penserais à cette soirée, aux cris de ma mère, au mutisme de mon père, à ce silence entre eux deux installé. Le 25 janvier 1988, dans les carnets, *Ma Chérie, nous avons passé un Noël bien calme, nous sommes allés à la messe à Saint-Médard. J'ai communié, seule! J'ai tant de peine ce soir, tant de chagrin pour tes parents, pour moi et pour toi bien sûr.* Et, au mois de mai, la même année *Le retour de Villers s'est bien passé. J'étais derrière avec toi, tu t'es endormie assez vite, j'avais ta tête contre moi, j'étais heureuse. À un moment, tu as posé ta main sur moi, une main fine et douce, abandonnée dans le sommeil, et mon cœur débordait d'amour pour toi. Pourtant, tu as un sacré caractère en ce moment, tu râles, tu es agressive. J'espère que tu ne souffres pas trop de la situation actuelle, tu ne m'en parles jamais et moi non plus bien sûr. Au fond chacun souffre seul.* Je savais. Mais je voulais croire que cela pouvait encore s'arranger.

Avant d'écrire sur ma grand-mère, j'avais rassemblé des photos, des lettres, les petits papiers qu'elle gardait pliés en quatre dans son porte-monnaie, tout ce qui pouvait m'aider à être au plus près de ce qu'avait été sa vie. Aujourd'hui, quand je veux retrouver une date, affiner un souvenir, ce sont les pages de ses carnets que je tourne. Sa mémoire est devenue la mienne, lire ses mots fait ressurgir des images, des visages, des lieux que, sans elle, j'aurais oubliés. Mêler, cette fois encore, sa parole à la mienne me semble juste. *Chacun souffre seul,* mais nous étions tout près l'une de l'autre.

En août 1988, mes parents et moi étions partis en Turquie, invités par Fikret, la jeune femme qui m'avait gardée plusieurs années quand j'étais petite et avec laquelle nous étions restés en contact. Mon parrain et sa future épouse étaient aussi du voyage. Notre départ avait été mouvementé. Un seul taxi sur les deux réservés s'était présenté et avait commencé par refuser de nous prendre tous les cinq. Devant notre insistance et la promesse d'un pourboire royal, il avait finalement cédé et nous étions arrivés à temps à l'aéroport. Mais notre avion avait eu du retard et nous avions dû courir dans les couloirs pour ne pas rater la correspondance à Marseille. À notre arrivée, nous avions loué une voiture qui était tombée en panne dans la campagne turque, il avait fallu arrêter un automobiliste sur la route, nous faire comprendre. J'avais peur, je détestais ce pays, je voulais rentrer à Paris.

Mais nous avions fini par trouver un garagiste et après quelques jours à Izmir, nous avions rejoint Istanbul. La première nuit chez Fikret avait été agitée. Son appartement était exigu, sans climatisation. Elle avait insisté pour laisser sa chambre à mes parents, avait installé pour moi un lit d'appoint dans le séjour, ne gardant pour elle qu'un simple fauteuil. Elle avait branché des ventilateurs mais la chaleur était telle que le lendemain, mes parents avaient décidé d'aller à l'hôtel. Rien ne se passait comme ils l'avaient imaginé, ils étaient de mauvaise humeur, ma mère regrettait d'être partie. Mon parrain et son amie, qui dormaient dans une auberge de jeunesse au confort rudimentaire étaient gais, heureux. Je les regardais, je regardais mes parents et prenais conscience du gouffre qui les séparait. D'un côté il y avait de l'amour, de l'autre il n'y en avait plus. Mon parrain allait se marier, mes parents se quitter. De quoi parlaient-ils, le soir, quand nous nous retrouvions tous les cinq au restaurant ? Faisaient-ils semblant ?

J'étais déjà allée en Italie, en Belgique, en Autriche, en Suisse, des pays qui ressemblaient au mien. En Turquie, tout était différent. La nourriture, la religion, le bruit dans la rue. Ma mère ne cessait de nous répéter qu'il fallait faire attention, ne pas boire l'eau du robinet, ne pas manger de crudités ni de sorbets, elle se plaignait, trouvant les plages sales et trop fréquentées, la chaleur difficile à supporter. Mais l'inquiétude qu'elle me communiquait se dissipait dès que j'étais près de Fikret. Dans un bloc à spirale, elle avait écrit pour moi quelques mots de turc. Je répétais les formules de politesse, les nombres, elle m'encourageait, s'extasiant sur ma prononciation. Un soir, j'avais fièrement demandé l'addition au serveur, il m'avait fait un grand sourire, étonné de m'entendre parler sa langue. Nous avions arpenté les rues d'Istanbul, visité la Mosquée bleue et Sainte-Sophie – qu'elle porte mon nom m'avait rendue joyeuse. Du bazar égyptien, ma mère avait rapporté des épices, menthe, piment, cumin. Dans les allées du Grand Bazar, je ne savais plus où donner de la tête. Bijoux, sacs, narguilés, les échoppes étaient nombreuses, j'avais envie de tout acheter. J'avais choisi de petites breloques en argent – un dromadaire, une babouche, une mosquée –, un œil en verre porte-bonheur, des bracelets en métal peint, un sac en laine tissée. Quand nous avions franchi le Bosphore, j'avais écrit à ma grand-mère, sur une carte postale, *je suis allée en Asie !* Fikret me cajolait, je retrouvais la bienveillance dont elle m'avait entourée petite. J'aimais aussi, le soir, me blottir dans les bras de l'amie de mon parrain, contre sa poitrine. Elle me chantait, en créole et en anglais, des berceuses de l'île Maurice, dont elle était originaire.

Il y a quelque temps, j'ai retrouvé dans un coffret à bijoux, chez ma mère, la petite mosquée, la babouche, le dromadaire, les bracelets colorés. Tout y était. Les souvenirs de cet été turc m'ont assaillie. Un été âpre, moite. Le dernier que nous avions passé ensemble, le premier où j'avais pressenti que je ne pourrais pas lutter. Les images ont afflué. Les lunettes sombres de Fikret le jour où nous avions quitté Istanbul, sa silhouette s'éloignant sur la route poussiéreuse, nos larmes retenues. Le sac de ma mère volé dans une chambre d'hôtel à Kusadasi, petite station balnéaire où nous passions quelques jours avant de rentrer en France, le branle-bas de combat le lendemain, le directeur de l'hôtel, la police, mes parents partis pour le consulat à Izmir, la dureté de ma mère, le silence de mon père. Le dernier dîner sans mon parrain, qui, après avoir résisté tout le séjour, avait dévoré la veille une assiette de crudités ; ma mère avait vu juste, son estomac ne l'avait pas supporté. Mais le voyage, aussi, avait été beau. À l'âpreté s'était mêlée la douceur. Il y avait eu le goût sucré des baklavas, mon rire incrédule quand j'avais appris que l'une de mes pâtisseries préférées était préparée avec du blanc de poulet, le parfum des épices et celui du cuir, l'appel à la prière, les chaussures qu'il fallait ôter à l'entrée des mosquées, le bleu et l'or des mosaïques, la voix de Fikret m'apprenant à compter, *bir, iki, üç*. Dans ces bijoux de pacotille se nichait mon été 1988, si différent de ceux qui l'avaient précédé, si différent de ceux qui allaient suivre.

Je n'ai jamais revu Fikret. Nous nous sommes écrit régulièrement puis, brusquement, elle est devenue silencieuse. Fikret, que j'avais tant aimée, son sourire, son français presque parfait, son accent discret, sa malice, tout cela était resté en Turquie, ce dernier été partagé.

Je ne me souviens que d'une photo, sur un bateau, mes cheveux flottent au vent, je porte un débardeur rayé bleu et blanc qui fait ressortir mon hâle, je souris, je n'ai que la peau sur les os. J'ai demandé à ma mère de chercher l'album de ces vacances turques. Elle n'a retrouvé qu'un petit tas d'instantanés en vrac. N'avait-elle pas pris le temps de les coller, trop absorbée par la situation ? Ou bien l'album fait-il partie de ceux emportés par mon père ce samedi de janvier ? Fikret, ses cheveux courts, son grain de beauté juste au-dessus de la lèvre supérieure, son panier en osier. Des oliviers dans un jardin fleuri, un dresseur d'ours sur le bord d'une route, une terrasse ensoleillée, le drapeau turc flottant en haut du mât d'un bateau, le théâtre antique d'Éphèse, un dromadaire au loin. Mais aussi le sourire un peu triste de mon parrain, mon regard qui se perd, l'absence de mon père – il n'apparaît sur aucun cliché. Une seule photo détonne. Elle est un peu floue, la tête de ma mère, qui porte un débardeur blanc et des lunettes de soleil, repose contre celle de mon parrain, il la tient par le cou. On dirait qu'elle a été prise des années auparavant.

Des étés précédents, je n'ai gardé que les jours heureux. Au début des années 1980, nos vacances étaient familiales. Nous partions à la montagne – Barcelonnette, Combloux, Orcières-Merlette –, la plupart du temps accompagnés de ma grand-mère, de mon arrière-grand-mère et de mon parrain. Il était plus jeune que mes parents, célibataire, et si drôle. Il me soutenait avec tant d'insistance que sa Renault 5 marron sentait le chocolat qu'une odeur délicieusement cacaotée envahissait mes narines dès que j'ouvrais la portière. Partout où nous allions, nous cherchions quelle affreuse babiole il allait pouvoir m'offrir. Un petit chien baromètre, dont le bleu virait au rose à l'approche de la pluie, a longtemps trôné sur une des étagères de ma chambre. Chaque jour, nous faisions de longues randonnées, nous pique-niquions près d'un torrent, je cueillais des fleurs sauvages et ramassais des petits cailloux brillants. À deux reprises, nous avions troqué la montagne contre l'Italie, visitant Assise puis Venise. En chemin, nous faisions étape près de l'autoroute dans des hôtels aux chambres confortables et claires ; dans les couloirs, la moquette était épaisse. Le matin, le petit-déjeuner était servi sous forme de buffet. Je me levais sans cesse, retournant remplir mon assiette d'œufs brouillés au bacon, de viennoiseries, de fromage. Avant de quitter la table, ma mère glissait subrepticement dans son sac un ou deux petits paquets de céréales, des pots de confiture miniatures, un fruit, et nous riions toutes les deux de son audace.

En 1986, pour la première fois, nous avions loué un chalet dans les Alpes avec des amis dont le fils était en classe avec moi. Un autre couple s'était joint à nous, nous étions sept enfants. Sur les sentiers, ma mère nous racontait des histoires et nous ramassions des plantes pour le concours d'herbiers qu'elle avait organisé. Le soir, lors de veillées, nous entonnions en chœur des chansons de Maxime Le Forestier.

C'était toujours la même
Mais on l'aimait quand même
La fugue d'autrefois
Qu'on jouait tous les trois.

L'année suivante, c'était en Italie que nous étions tous partis. La maison était immense, chaque famille était indépendante et une grande terrasse commune surplombait la campagne toscane. Pour la fille unique que j'étais, ces vacances ressemblaient à celles dont j'avais toujours rêvé. Deux garçons avaient exactement mon âge, mais je jouais surtout avec leurs sœurs. Avec la plus jeune, nous passions de longs moments dans un petit établi à observer les papillons qui virevoltaient. Nous essayions de les attraper et quand nous y parvenions, cela laissait une poudre colorée sur nos doigts. Les plus âgées, qui devaient avoir onze ans, me paraissaient déjà adolescentes. J'admirais leur façon de s'habiller, de tresser leurs cheveux, j'enviais leurs confidences et tentais parfois de prendre part à leurs conversations. J'aimais les moments que nous passions tous ensemble, les parties de Trivial Pursuit, les balades à Sienne ou à Pise, les soirées sur la terrasse à fredonner des chants révolutionnaires italiens. J'aimais, au petit matin, porter du lait aux chatons qui venaient de naître de l'autre côté du chemin. J'aimais la chaleur écrasante et la lassitude qui me gagnait en début d'après-midi. J'aimais quand nous partions dîner au restaurant, à la fraîche, et qu'au retour nous suivions les autres voitures dans la nuit.

Des années après, ma mère m'avait confié qu'en réalité ce séjour avait été houleux et avait sans doute hâté la fin de leur histoire. Je n'avais pas envie qu'elle me le raconte. Je voulais seulement garder la douceur de ces jours, le ronronnement du chaton noir que nous avions prénommé Myrtille, le goût du sorbet à la fraise fondant dans ma bouche, l'éclat de nos rires d'enfants quand nous avions tour à tour essayé le casque prêté par un pompier venu détruire un nid de frelons, les accents chantants de la langue italienne, *gatto, signora, buongiorno*.

Écrire fait revenir les souvenirs (ou me rend plus attentive). À la faveur d'une conversation ou d'un événement, je me souviens

du petit vélo rouge rapporté un soir par mon père dans le coffre de sa voiture. Je lui avais demandé quelle était la différence entre un vélo et une bicyclette.

de ce samedi où mes parents m'avaient emmenée faire une radio pulmonaire. J'avais de la fièvre et la manipulatrice avait coincé mon doigt dans l'appareil.

de la comptine que me chantait ma mère quand elle était d'humeur rieuse, *Qui a vu, tout menu, dans la rue, le petit ver tout nu.*

Quelquefois, c'est un geste qui en fait ressurgir d'autres, la main de mon père faisant comme un puits, dans lequel je devais glisser mon index sans qu'il l'attrape. Ma joie quand j'y parvenais, en détournant son attention. Mon rire quand il resserrait fermement ses doigts sur le mien. Ma mère qui me grattait le dos. *Un peu plus haut, non plus bas, encore un peu à droite, oui, c'est là !* Nous échangions ensuite les rôles, c'était à mon tour de la chatouiller. Certains soirs, quand je ne parvenais pas à m'endormir, mes parents venaient près de moi l'un après l'autre pour me masser le ventre, doucement, dans le sens des aiguilles d'une montre, et je finissais par trouver le sommeil.

Mon père évoquait souvent son enfance. Il me racontait son grand-père, les petites voitures Dinky Toys dont il faisait collection, la maison des Mousseaux, une ancienne ferme où il passait ses étés. Parfois, sa nostalgie m'ennuyait et je ne l'écoutais que d'une oreille. Depuis, j'ai oublié bon nombre des histoires qu'il me confiait. Aujourd'hui, je parle à mes filles de mon petit vélo rouge, leur chante *Le petit ver tout nu*, leur explique comment jouer à *l'attrape-doigt* ou leur demande de me gratter le dos, *comme quand j'étais petite*. Mais, surtout, j'écris.

Parfois, j'ai envie de confronter ma mémoire à celle des autres. Interroger ma mère, ma tante, une amie d'enfance. Ce dont je me souviens s'inscrit-il dans la réalité de ce qui a été ? Mais très vite, je renonce. Les carnets et les photos suffisent. Ne pas chercher à être au plus près de ce qui a eu lieu mais de ce que j'ai vécu.

Le concert de Renaud auquel nous avions assisté tous les trois au Zénith en octobre 1988.

Le soir où je m'étais ouvert le front et où nous étions partis en trombe à l'hôpital.

Nos cris de joie lors de la réélection de François Mitterrand en mai 1988.

Le parc de Thoiry où nous allions chaque année passer une journée au mois de juin.

Le générique du dessin animé *Candy*, que je regardais le dimanche matin pour qu'ils puissent faire la grasse matinée.

Le dîner chez nos voisins du dessus dont nous étions revenus avec un chaton.

Les marrons que nous ramassions en forêt à l'automne.

Mes goûters d'anniversaire, la table décorée par ma mère, les parties de Colin-maillard avec mon père.

Une ascension en téléphérique un jour de juillet.

Adolescente, une amie dont les parents s'étaient séparés quand elle avait deux ans m'avait confié qu'elle n'avait aucun souvenir d'eux ensemble. Un instant, j'avais pensé *au moins, elle n'a connu que ça*. Puis, tout de suite après, *je préfère avoir souffert et me souvenir de nous trois*. Ma mère a perdu son père à l'âge de trois ans et demi et ne garde aucune image de lui. En a-t-elle fait le deuil ? Comme l'on parvient à supporter l'absence de quelqu'un qu'on aime en se remémorant un passé partagé, c'est forte de mon enfance, de nos trajets en voiture, de nos voyages en Italie, de nos rires, que j'ai surmonté cette séparation.

Depuis plusieurs années, les grandes vacances se déroulaient toujours de la même façon : je passais le mois juillet avec ma grand-mère à Villers – mes parents travaillaient et nous rejoignaient le week-end – puis nous partions ensemble en août. En 1989, pour la première fois, mon père pose ses congés en juillet – ma mère n'a pas le choix, l'association pour laquelle elle travaille cessant toute activité en août – et nous partons tous les deux dans le sud de la France. Nous passons quelques jours en Camargue, le paysage aride me plaît, les échoppes des Saintes-Maries-de-la-Mer aussi. Je rêve de voir des chevaux sauvages, j'en aperçois au loin, par la vitre de la voiture, un soir où nous roulons à la tombée du jour. Mon père a ensuite réservé une chambre dans le Lubéron, non loin d'Aix-en-Provence, où vivent désormais les amis avec qui nous étions partis à la montagne puis en Italie. L'hôtel est calme et chic, il y a même une piscine. Le matin, nous prenons notre petit-déjeuner sur la terrasse puis je me baigne avec une petite fille qui est en vacances avec ses grands-parents. Nous montons ensuite dans la voiture, toutes vitres baissées, et sillonnons les petites routes de la région. En chemin, nous nous arrêtons pour pique-niquer et déguster un *melon de Cavaillon,* nous nous extasions sur son goût fin et sucré en prenant l'accent marseillais à outrance. L'après-midi, nous nous promenons dans les ruelles ombragées de Lourmarin, Apt ou Bonnieux. Nous sommes souvent invités par nos amis d'Aix-en-Provence. J'aime la maison, le jardin, je suis contente de retrouver les enfants, mais j'en veux à leurs parents. Juste avant que je parte, ma mère leur a demandé si nous pouvions, elle et moi, se joindre à eux au mois d'août. Ils lui ont répondu que nous pouvions éventuellement louer une petite maison indépendante, à quelques centaines de mètres de celle qu'ils occuperaient avec d'autres amis. Ma mère a refusé, blessée, et a eu cette phrase *Ils nous mettent à l'écart parce qu'une femme seule, tu comprends, ce n'est pas convenable.* Le mois prochain, le groupe des étés précédents se reformera donc sans nous. Tandis que je me déguise ou construis une cabane avec mes amis, c'est à cela que je pense. J'aime me réfugier avec leur grand-mère italienne au sous-sol, dans la buanderie. En repassant, elle me demande des nouvelles de ma mère et de ma grand-mère, me pose des questions sur Paris, l'école, le square où nous avions l'habitude de nous retrouver le mercredi. Auprès d'elle reviennent des bribes de mon enfance disparue. Je lui parle de la rue Monge et de la rue des Arènes, je lui donne des nouvelles de ceux qu'elle a connus, de la dame à la tortue. Une machine cesse de tourner, je l'aide à étendre les draps et les serviettes de toilette. Un parfum de lavande envahit la pièce, je reste un moment à lui parler, enveloppée de chaleur et d'humidité.

Durant ces quinze jours, mon père fait tout pour que je sois contente. Il me laisse choisir les restaurants, la musique dans l'autoradio, m'achète sur les marchés des sachets de lavande ou des savons à l'huile d'olive. Dans la voiture, il me donne le droit de m'asseoir devant. À l'entrée des villages, sous les noms en français sont souvent inscrits ceux en provençal, nous nous entraînons à les lire avec la bonne intonation et rions de nos maladresses.

Je pense beaucoup à ma mère et à ma grand-mère. Je leur envoie des cartes postales. Devant les étals des boutiques de souvenirs, je réfléchis longuement à ce qui pourrait leur faire plaisir et dépense pour elles tout mon argent de poche. Je suis déjà partie en colonie de vacances ou en classe de mer, mais jamais si longtemps avec l'un mais sans l'autre. La féminité de ma mère me manque. Dans ma valise, je n'ai mis que des vêtements blancs. Chaque jour, je les tache de melon, de tomate, et mon père les lave avec de la lessive en poudre dans le lavabo de la chambre d'hôtel. Avant notre retour, pour que je rentre avec des affaires impeccables, il donne l'ensemble à nettoyer dans un pressing. Le dernier soir, alors que nous dînons au restaurant, le serveur renverse sur moi une bouteille de vin rouge et mon tee-shirt immaculé s'en retrouve souillé. Je regarde mon père, je ne sais pas si j'ai envie de rire ou de pleurer.

Cherchant les photos de ce premier été séparé, j'ai ouvert les albums rangés sur l'étagère de mon bureau. Ce sont ceux de ma grand-mère, mes parents ayant partagé et gardé ceux qu'ils avaient remplis ensemble. Il y en avait des dizaines.

Après la séparation, ils continuent à faire des photos et des albums, chacun de leur côté. Ma mère a troqué les couvertures en cuir contre des spirales et un épais carton noir et s'est acheté un petit appareil. Elle ne l'utilise pas au quotidien mais l'emporte dès que nous quittons Paris. Mon père, lui, continue à beaucoup me photographier. Une sortie au jardin du Luxembourg, un dîner avec des amis, une balade dans les rues du Quartier latin, il aime immortaliser chaque instant que nous passons ensemble. Quand la pellicule est terminée, il me laisse jouer avec le boîtier vide et faire semblant de mitrailler tout ce qui m'entoure. Nous allons porter le film à développer dans une petite boutique de la rue Mouffetard et retournons chercher les tirages quelques jours plus tard. Fébrile, j'ouvre la pochette dès que nous avons franchi le seuil du magasin. Mon père s'extasie sur les clichés qu'il trouve particulièrement réussis tandis que je scrute chacun de mes petits défauts. Régulièrement, nous nous installons autour de la table basse pour sélectionner ensemble nos photos favorites.

Ma grand-mère a elle aussi un appareil mais s'en sert peu. Dans les albums que j'ai récupérés à sa mort, il y a surtout les retirages que lui ont donnés mes parents. Elle a quelquefois collé les photos dans le désordre ou inscrit des dates erronées, mais sur certaines pages elle a continué à réunir, après leur séparation, ma mère et mon père.

L'album le plus ancien est celui de leur mariage – ma mère a gardé ceux de son enfance. Leur jeunesse me frappe – ils avaient vingt-trois et vingt-cinq ans –, leur complicité aussi. Dans les suivants, je reconnais certaines photos : mon père avait acheté tout le matériel nécessaire pour développer lui-même ses négatifs et faire des agrandissements. Il y a beaucoup de portraits de ma mère, dont un au téléphone, en noir et blanc, un peu flou, que j'avais oublié. La couleur fait ensuite son apparition, ma naissance approche. En juillet 1978, mes parents étaient partis en Grèce. De ce voyage, ils avaient rapporté Athènes, le ciel bleu éclatant, et la photo qu'hier j'ai regardée longuement : ma mère est assise devant la mer, elle porte une robe à bretelles rouge et blanche, elle sourit, resplendissante. Le mois d'après, elle avait commencé à m'attendre.

Les autres albums me sont presque exclusivement consacrés. Mon premier sourire, ma première purée, mes premiers pas. Les bougies, année après année, sur des gâteaux d'anniversaire. Pour mes huit ans, nous sommes tous les trois autour de la table installée au soleil dans le jardin de Villers. Ma mère est debout, entre nous deux. Nous la regardons. Elle a posé sur sa tête mon chapeau de paille, bien trop petit. Elle est tournée vers mon père et lui sourit, avec la même complicité que le jour de leur mariage. C'est ma grand-mère qui appuie sur le déclencheur, nous sommes toutes deux témoins de l'attention qu'à cet instant ils se portent l'un à l'autre.

De l'été 1989 je garde peu de traces, quelques images de la plage de Villers, un concours de déguisement – ma grand-mère, avec du papier crépon, m'avait confectionné une tenue de Marianne qui, année du bicentenaire de la Révolution oblige, m'avait valu le premier prix –, le soleil couchant. Aucune photo de mes vacances dans le Lubéron ni des quelques jours passés avec ma mère dans la garrigue.

Après une quinzaine de jours à Villers pendant lesquels nous nous sommes affrontées quotidiennement pour des broutilles, ma mère et moi rentrons à Paris pour prendre un train jusqu'à Nîmes. À la gare, les D. nous attendent pour nous emmener dans leur maison, à une vingtaine de kilomètres. Les journées se passent en baignades dans la piscine et promenades sur les sentiers avoisinants. Je retrouve celui dont j'ai été longtemps amoureuse, sa sœur aînée me montre sa réserve de bonbons et m'apprend à faire du pop-corn. À la fin d'une journée particulièrement chaude, nous décidons de prendre un bain de minuit. Dans l'eau je reste auprès de ma mère, tant d'insectes me frôlent que je me mets soudain à hurler, nous sortons précipitamment, elle m'enroule dans une serviette et me frictionne le dos en riant. Cette semaine est plus douce que les précédentes. C'est la première que nous passons toutes les deux ailleurs qu'à Paris ou en Normandie – nous renouvellerons ensuite l'expérience, partir quelques jours ensemble, à Yvoire, Bonifacio, Porquerolles ou Vérone – et cela nous fait du bien. Ma mère ne conduit pas mais nous profitons des déplacements de nos amis pour nous rendre à Nîmes et visiter les arènes ou les Jardins de la fontaine.

Chaque soir, mon père téléphone. Il me demande *Alors, qu'est-ce que tu racontes de beau ?* puis me décrit ses journées à l'hôpital et les rues désertes de la capitale. *Les Parisiens sont tous en vacances, je suis comme un touriste dans la ville*, me dit-il d'un ton enjoué. Je sais qu'il en rajoute pour que je ne m'inquiète pas, alors je m'efforce de ne pas sentir le manque dans sa voix. Cette habitude perdurera, se parler chaque soir ou presque, comme pour remplacer le temps que nous ne passons pas ensemble. Parfois, nous n'aurons pas grand-chose à nous dire pourtant nous continuerons, maintenir le lien du quotidien, celui que nous avons perdu.

Après une dispute, ma fille m'a dit *J'ai peur que vous divorciez.* J'ignore ce que nous réserve l'avenir mais parce que je sais que ni son père ni moi ne l'avons jusqu'à maintenant envisagé sérieusement, je suis parvenue à la rassurer. Je me souviens de la panique qui s'emparait de moi quelquefois dans les mois précédant la séparation. Comment ma mère pouvait-elle dissiper ma crainte, alors qu'elle savait que ce que je redoutais finirait par arriver ? Y croyait-elle encore ? Pendant quelque temps, elle avait tenté de convaincre mon père d'acheter l'appartement des D., avant leur départ pour Nîmes. C'était un duplex dont elle imaginait qu'ils pourraient s'attribuer chacun un étage et continuer ainsi à mener un semblant de vie commune. Mais mon père avait refusé. Quand ma mère me l'avait raconté, des années après, j'avais imaginé ce que nous aurions vécu s'il avait dit oui.

Un matin, le garçon de ma classe dont les parents étaient divorcés était arrivé en retard à l'école. Ses cheveux étaient en bataille, son visage chiffonné mais souriant. Il venait d'avoir un petit frère. Son père, remarié depuis peu, avait eu un autre enfant. Un instant, je m'étais mise à sa place, partagée entre l'envie d'avoir, enfin, un frère ou une sœur et la certitude que je resterais fille unique et que, s'ils venaient à se séparer, mes parents ne referaient jamais leur vie.

L'année de mes dix ans s'est écoulée. Je vais en avoir onze, et bientôt j'entrerai en sixième. Quand je suis couchée, ma mère s'enferme dans la salle à manger en glissant sous la porte le fil du téléphone. Souvent j'entends son rire étouffé mais parfois ce sont ses sanglots qui me tiennent éveillée. À Villers, elle se rend à la cabine près de l'office de tourisme, pour que ni ma grand-mère ni moi n'entendions sa conversation. Un soir où elle tarde à revenir, je vais au-devant d'elle. En m'apercevant, elle se met dans une colère noire. J'apprends à vivre seule avec elle. Je découvre sa fragilité, sa faculté à passer d'un jour à l'autre de l'enthousiasme au désespoir. J'ai l'impression de tant lui ressembler. Notre complicité, mon inquiétude, nos colères – cris et paroles blessantes –, tout ce qui nous lie depuis mon enfance est exacerbé par le duo que nous formons désormais. Quand elle sort le soir, elle demande à ma grand-mère ou à l'étudiante qui vient me chercher à l'école de me garder. Elle se prépare pendant que je prends mon bain, met ses lentilles, maquille ses yeux d'un trait de crayon noir. Elle a changé de parfum. Un message sur le répondeur, une enveloppe sur sa table de nuit, une visite nocturne, sa vie amoureuse, qu'elle me confie par bribes, a peu de secrets pour moi.

À l'inverse, j'ignore tout de celle de mon père. Mais le jour de mes onze ans, il évoque celle qu'il a rencontrée depuis quelques mois déjà. J'insiste pour faire sa connaissance et elle vient dîner le soir même. Ils ne tardent pas à emménager ensemble dans un appartement plus grand. C'est un peu plus loin de la rue Monge, mais j'y ai toujours une chambre et mon père veille à ce que nous continuions à passer du temps tous les deux.

Mes parents refont leur vie. La mienne, de nouveau, est chamboulée. Je suis soulagée – ils ne se sont plus seuls lors de mes absences – mais le quotidien auquel je commençais à peine à m'adapter est déjà obsolète. Mes dimanches avec mon père ne se ressemblent plus, nous déjeunons tard, nous ne mangeons plus de fromage – son amie ne le supporte pas –, les frites se font rares – elle les trouve trop grasses –, je suis souvent seule devant l'écran de l'ordinateur. Ma mère, en voiture, n'attache plus sa ceinture de sécurité – son ami ne boucle jamais la sienne –, elle ne porte plus de boucles d'oreilles – il l'aime mieux sans –, me demande de ne plus la réveiller le samedi matin avant de partir au collège. Avec leurs compagnons, d'autres entrent dans ma vie ; des enfants, un frère, des neveux, des amis. En acceptant de leur faire de la place, j'ai parfois l'impression de leur céder la mienne.

Lundi dernier, ma fille aînée n'avait pas cours l'après-midi et nous avons regardé *Mon père, ce héros*. Je l'avais vu avec ma mère au cinéma, à sa sortie, en 1991. L'année suivante, j'avais apporté la cassette chez mon père pour que nous la visionnions ensemble. La scène que je préférais était celle où l'héroïne, en larmes, s'écriait qu'il allait avoir d'autres enfants et qu'elle deviendrait pour lui une étrangère. Depardieu la prenait dans ses bras et la consolait, elle serait toujours sa petite fille, elle serait toujours la première. Ses mots m'étaient destinés, le chagrin de sa fille était le mien, j'étais certaine que mon père le comprendrait. Mais après le générique de fin, il était resté silencieux. Quand je lui avais demandé si le film lui avait plu, il avait simplement marmonné *décidément, je n'aime pas Depardieu*. J'avais rangé la cassette dans sa boîte, la boîte dans mon sac et j'étais allée me coucher, avec l'envie de pleurer. Lundi dernier, j'étais dans le salon de la rue Monge à chanter le générique à tue-tête, j'étais seule dans mon lit chez mon père et j'étais là, près de ma fille, à penser à ce que je suis en train d'écrire.

Quatorze ans après ma naissance, mon père se remarie – je n'assiste pas à la cérémonie – et a un autre enfant. Chez lui est devenu chez eux, je continue à y aller un soir par semaine et un week-end sur deux. Je vis toujours rue Monge avec ma mère. Nos disputes sont violentes, les portes ne ferment plus tant on les a claquées. Mais le matin, j'aime me glisser dans son lit, ma tête reposant contre son épaule, l'écouter respirer. Elle s'épanche, me demande mon avis, des conseils. Alors, quand je sens qu'elle me cache quelque chose, je ne le supporte pas, je guette les coups de téléphone, j'écoute aux portes, je fouille dans ses tiroirs. Mon enfance est si loin. Je ne me sens plus jamais tranquille. L'amour que j'éprouve pour mes parents est teinté de colère, de jalousie, d'amertume, d'anxiété, et seul le divorce selon moi peut l'expliquer. Après une dispute avec ma mère au cours de laquelle j'ai été particulièrement désagréable, je fonds en larmes et murmure *si vous n'aviez pas divorcé, je ne serais pas comme ça*. Chez mon père, j'ai certains jours l'impression de ne pas exister. Le divorce est mon drame, j'y lie mes manques, mes peurs, mes échecs, tout ce qui est difficile, certaine que si mes parents étaient restés ensemble, mon adolescence aurait passé sans tumulte.

Il m'arrive encore de penser que la séparation explique certaines de mes angoisses ou qu'elle est à l'origine de certaines situations. Mes parents n'ont jamais, ni l'un ni l'autre, passé de vacances seuls avec mes filles. Un été à Villers, j'ai observé les grands-parents et leurs petits-enfants. Ils achetaient des bricoles au marché, préparaient les repas, s'occupaient des devoirs de vacances, accompagnaient à la piscine pour les cours de natation, ressortaient le soir manger une glace sur la digue. Au téléphone, j'en ai parlé à ma mère. Je lui ai demandé pourquoi ce qui pour les autres paraissait simple semblait pour elle si compliqué et elle m'a répondu *À deux, ce n'est pas pareil.* Pourtant, à l'instar de mon père, elle vit avec quelqu'un. Mais, comme un jour j'ai cessé de dire *mes parents*, je ne dirai jamais à mes filles *vos grands-parents*.

J'ai commencé à tenir un journal à l'âge de onze ans, en 1990. L'année suivante, au mois d'août, j'ai écrit *Je vais te faire part de mon rêve le plus cher : dîner ou déjeuner avec Maman et Papa. Et que Maman et Papa s'aiment mais je sais que c'est impossible.*

Dès l'annonce de la maladie de ma grand-mère, ma mère a régulièrement téléphoné à mon père. Il donnait des conseils, ajustait le traitement, obtenait un rendez-vous en urgence. Lorsqu'elle a décidé de la prendre chez elle, il est venu souvent, avec sa femme. Ils ont bavardé, réconforté, préparé des repas, apporté des livres, une petite bouilloire. Sur le faire-part, leurs noms étaient au-dessous des nôtres. Quelques semaines plus tard, tandis que j'évoquais le premier Noël sans ma grand-mère, ma tante m'a proposé de me prêter son chalet à la montagne pour que nous venions y passer les fêtes *tous ensemble*. Elle a ajouté *un deuil peut apaiser certaines rancœurs*. Un instant, j'y ai cru. Nous aurions marché sous le soleil, puis ma mère serait allée faire de la luge avec ses petites-filles et mon père les aurait photographiées. En fin d'après-midi, je serais descendue au village acheter de la raclette fumée et de la viande des Grisons. Après le dîner, nous aurions chanté en écoutant de vieux disques et le lendemain nous aurions été réveillés aux aurores par des cris d'enfants. Un Noël bruyant et gai, un film de Sautet. Mais nous ne sommes pas partis à la montagne et, comme chaque année, j'ai dû choisir avec qui nous passerions le réveillon.

J'ai rencontré celui qui est devenu mon mari alors qu'il était séparé de la mère de son fils depuis quatre ans. Il n'avait jamais cessé de la voir. Lorsqu'elle est venue dîner chez nous avec son compagnon il y a quelque temps, nous avons parlé de leur fils puis ils ont évoqué des souvenirs communs, un voyage en Grèce, un autre en Guadeloupe et nous avons ri tous les quatre. Il n'y avait ni gêne ni rancune, simplement leur plaisir d'être ensemble, autrement.

Une maladie infantile, ma première communion, plus récemment un anniversaire, une naissance ou la publication de mon premier livre, mes parents, depuis leur séparation, se revoient occasionnellement. Mais, quelles que soient les circonstances, ils ne sont pas naturels. Ils se saluent, se disent quelques mots, puis s'éloignent au plus vite. Il m'a fallu du temps pour admettre que ce qui est possible pour d'autres ne le sera jamais pour eux.

Sur la première ligne du cahier bleu dans lequel j'ai pris des notes tout au long de l'écriture de ce livre, j'ai inscrit *Pourquoi écrire sur le divorce de mes parents ?* Puis, juste en dessous, *Rien ne sera jamais réparé. L'essentiel s'est joué en dehors de moi, même si, enfant tant désirée, tant aimée, j'ai toujours eu l'impression d'être au centre. Quelque chose m'a échappé. Mais je suis le fruit de leur rencontre et celui de leur séparation, je suis le fruit de cette histoire, la leur.* Aujourd'hui, au bas de la page, j'ai ajouté *Pour les réunir.*

CHEZ LE MÊME ÉDITEUR

Jean Abitbol,
Le Pouvoir de la voix

Louis Bériot,
Un café avec Voltaire

Diane Brasseur,
Les Fidélités
Je ne veux pas d'une passion

Laurence de Cambronne,
Madame de Staël. La femme qui faisait trembler Napoléon

Christine Clerc,
Le Tombeur du Général

Jérôme Colin,
Éviter les péages

Matthias Debureaux,
De l'art d'ennuyer en racontant ses voyages

Philippe Douroux,
Alexandre Grothendieck

Marc Dufumier,
50 idées reçues sur l'agriculture et l'alimentation

Ludovic Escande,
L'Ascension du mont Blanc

Marc Giraud,
Comment se promener dans les bois sans se faire tirer dessus ?
La Nature au fil des saisons

Raphaël Glucksmann,
Génération gueule de bois
Notre France

Philippe Hayat,
Momo des halles
L'Avenir à portée de main

Serge Hayat,
L'Empire en héritage

Alexandre des Isnards,
Dictionnaire du nouveau français

Jooks,
Dans la tête des mecs

Joude Jassouma,
Je viens d'Alep

Slimane Kader,
Avec vue sous la mer

Bernard Kouchner et Adam Michnik,
Mémoires croisées

Alexandre Lacroix,
Ce qui nous relie. Jusqu'où Internet changera nos vies ?
Pour que la philosophie descende du ciel

Elisabeth Laville,
Vers une consommation heureuse

Jean-Noël Liaut,
Elle, Edmonde

Pascal Louvrier,
Je ne vous quitterai pas
L'état du monde selon Sisco

Philippe Nassif,
Ultimes

Florent Oiseau,
Je vais m'y mettre

Charles Pépin,
La Joie
Les Vertus de l'échec

Bernard Pivot,
Au secours ! Les mots m'ont mangé

Jean-François Revel,
L'Abécédaire

Matthieu Ricard,
Plaidoyer pour les animaux
Trois amis en quête de sagesse, avec Christophe André
et Alexandre Jollien, coédition L'Iconoclaste
Cerveau et Méditation, avec Wolf Singer

Sous la direction de Matthieu Ricard,
Vers une société altruiste

François-Olivier Rousseau,
Devenir Christian Dior

Nicolas Santolaria,
Touriste, regarde où tu poses tes tongs

Riad Sattouf,
L'Arabe du futur (3 tomes)
Les Cahiers d'Esther (2 tomes)

Jean Vautrin,
Gipsy Blues

www.allary-editions.fr

Ce livre a été écrit dans le cadre
du programme régional de résidence
d'écrivains en Île-de-France.

Ouvrage composé en Garamond
par Dominique Guillaumin, Paris

Cet ouvrage a été achevé d'imprimer en mai 2017
dans les ateliers de Normandie Roto Impression s.a.s.
61250 Lonrai
N° d'impression : 1702202
Dépôt légal : juin 2017

Imprimé en France